春丛书
第一辑

祖传的大山

张福杰 著

中国海洋大学出版社
· 青岛 ·

图书在版编目（CIP）数据

祖传的大山 / 张福杰著. —青岛：中国海洋大学出版社，2024.5

（生态绿春丛书 . 第一辑）

ISBN 978-7-5670-3786-1

Ⅰ. ①祖… Ⅱ. ①张… Ⅲ. ①诗集—中国—当代 Ⅳ. ①I227

中国国家版本馆CIP数据核字（2024）第035644号

ZUCHUAN DE DASHAN

祖传的大山

出版发行	中国海洋大学出版社		
社　　址	青岛市香港东路23号	**邮政编码**	266071
网　　址	http://pub.ouc.edu.cn		
出 版 人	刘文菁		
责任编辑	张　华	**电　　话**	0532-85902342
电子信箱	zhanghua@ouc-press.com		
印　　制	青岛国彩印刷股份有限公司		
版　　次	2024 年 5 月第 1 版		
印　　次	2024 年 5 月第 1 次印刷		
成品尺寸	160 mm × 220 mm		
印　　张	9.75		
字　　数	64 千		
印　　数	1 ~ 1000		
定　　价	58.00 元		
订购电话	0532-82032573（传真）		

发现印装质量问题，请致电0532-58700166，由印刷厂负责调换。

目录

徒步的春

空气蹒跚苍野
牛哞　翻犁大山的母语
一群鸭　在追逐梯田的鳞壳
燕　衔雪而归
叩开土屋的温暖
在屋檐
朗诵着大地的祭语
村旁的万年青　用枯枝祭奠大地
山林的泉水
在隆冬的酒窝里醒来
鸟语　爬满梨花
孩童们嬉戏着葬花礼

2018年8月8日

梯田草垛

金黄的稻浪
从山脚叠到山顶
这是大地怀孕的颜色

人与镰刀
聚首田野
举行秋的祭奠

谷船
向山脉铺展
打谷声唤醒山脊
秋天在谷船里绘画
将大地的吟诵布展天空

鸭　沿稻管扑向田野
邂逅爱情

牛蹄声　在稻管里行走
追捕青草的味道
人在秋的栅栏里流放牛马

稻禾　站立成垛
在鸽哨声里站成一尊雕塑
像民间艺人歌吟农经
像兵马俑巡守村庄的阳光和蝉鸣

把希望叠进草垛
童年的歌谣渐渐在其间生长

2018年8月8日

老　屋

老屋是一座山
生长着梯田、风俗、语言、诗歌
老屋是一丘田
收容着艰辛、无奈、欢欣、幸福

黝黑的颜色
低矮的草屋
是历史的印章
行走在心脉里
即使浪迹天涯
也不会丢失姓名和身份

老屋土土的
像土豆
却把我们漂泊的灵魂滋养

老屋的影子
在节日里拉长
一头系着祖先
一头系着子孙

2018年8月8日

打谷子的人

站在太阳的肩上
高举一把稻穗
重重砸向大地

镰刀收割怀孕的九月
脸庞爬满谷粒的皱纹
光着的背是大山的脊梁
驮着梯田
为使一粒谷子回家
在山坡站成了一尊弯腰的雕塑

2018年8月8日

山坡上种苞谷的人

在陡峭的山坡上
种下一粒粒忧伤的苞谷籽
苞谷在长　人的笑容也在长

年复一年的弓背姿势
年复一年的山地风景
把苞谷种成了文物

太阳在脊背上奔跑
滚落的汗珠是最美的山泉水

锄草人在山坡已化为一株苞谷树
勾描不老的风景
等候岁月的采收

2018年8月8日

乡　愁

乡愁是晨曦中村庄放飞的炊烟
凝固成流动的山水画
梦里常游

乡愁是从山脊上登高的梯田
四季变幻着思想
与天地对话

乡愁是山林清澈的泉水
喝一口甜到脚板
把故乡的风景绘在心里

乡愁是土屋不灭的火塘
温暖一家人的故事

乡愁是流放的童年
从山里到山外却用了一生

乡愁是母亲酿造的一杯醇烈的农家酒
喝一口醉一生

乡愁无须想象
也无须灵感
总是相伴在枕边

长大了的乡愁
如茶马古道　曲曲弯弯
一头是故乡
一头是游子
总在母亲的呼唤中醉倒不醒

2018年8月8日

田　棚

你是天眼
站在山坡上
守望梯田轮替的风景

你是流动的家
从村庄到田野
带着家的温暖

一把火
一口锅
一片芭蕉叶
成就世上最简单的午餐
却养育着最朴实的人们

栽秧的日子
你最美

男人的牛鞭驱赶酒歌
女人的山歌拔高季节的温度
孩童的彩蛋在田野行走
流淌的欢笑

打谷的日子
你最喜悦
金灿灿的光芒塞满山野的酒窝
悸动的打谷声是大地的心跳
镰刀收割笑容
沉甸的谷袋列队
等候爬坡

你在农人的思想上筑巢
在九月的枝头
压弯了山地的脊背

2018年8月8日

江边晒盐台

一条江
在高山峡谷间疾行
浊水
包裹着泥味的民歌
在岸边被盐民拦截回收
细腰的木桶
囚住了涛声
浪的高度
停留在盐民的胸膛上

晒盐台
如梯田
列队在江边
一排排　一台台
在传承的记忆匣里站岗
时间老人

跣足坐在台上抽着旱烟
等候惊喜的萌芽

涛声被盐台羁押
浊水被阳光鞭打
一粒粒雪白的米盐
在盐民沧桑的皱纹里磨光
江水的汗珠
从历史神坛滑落成风景
远古走来的涛声
传承着亘古不变的咸味和光芒
在盐民的木桶里
积淀成安居的城池

一粒盐
举着光芒爬坡
越过高原的山岭
走上了人类酸甜苦辣的餐桌

2018年4月7日

致背谷人

山坡的稻穗
被蝉叫熟
谷船　穿上新衣
在八月的怀里做窝
镰刀开始叩开螺蛳的梦呓
打谷人站在秋日的阳台
高举稻穗砸向大地
一袋袋谷子爬过田塍
列队田棚
等候爬山

田棚到村庄的山路
似竹竿立在山坡上
沉重的谷袋
在背上喘息
山坡上的背影

坠弯了盘山路
汗水浸湿脚窝
引夕阳趴在背上渴饮
稻香拉长季节的思绪

没有季节的掌声
没有风雨的问候
沐浴汗水的谷粒
释放秋韵的暗香
行走在暮色里
在村庄女孩吹奏的稻笛声里归仓

一粒谷子的高度
让农人攀缘一生

2018年4月7日

听　蝉

趴在山野做窝
将歌声唱在高高的树枝上

蝉声
滚过山泉喂养的森林
唤醒熟睡在山坡的初夏
浪漫的山花
像新娘
卧在原野听歌

蝉声
穿越八月的围场
走进深秋的老屋
潜伏在土墙上

蝉声

信步山林
似女人流浪的山歌
把山峦荡向了天空

更似拉歌
一树高过一树
一坡高过一坡

2018年4月7日

荷塘秋韵

山丘　荷塘
在十月的眼眸里
组合成一幅徘徊的山水画
荷　隐藏盛夏的翅膀
休眠在深秋里的碧叶
像一把天伞
怀揣着秋天的思绪

一片碧叶
划过深秋的渡河
像一顶草帽
孵化蝉声
落红的莲
虽没有了夏天的色彩
却像恋人扑来眼前
放牧着秋野的微笑

风景里飞翔的蜻蜓阅读童话
一把碧伞
在美人酒窝中撑开
荷塘诉说着深秋

荷　在秋韵里弯曲成画
熟睡的莲子吹着唢呐
巡弋民歌
被红日涂鸦的黄叶
怀想春姑的笑声

一湖碧水
承载睡莲的乡愁
荷塘静伫
信步叶面的秋雨
温暖着阳光
人　伫立渡口
厮守荷香

蓝莹莹的天放牧云朵
一江秋水
没过荷塘
去追逐荷语和夏天

2018年4月7日

新米节

稻穗站在山坡上
高傲的颜色
低头爬山

村庄被稻香包围
一把穗子抬高神龛
与先祖歌吟
一粒米
蹒跚儿女归家的脚步

2019年3月12日

七月的梯田

七月的梯田
在祖父的一首儿歌里打鼾
血色的胴体奔跑在山腰上
一个神话在山野中复活

稻禾在蛙声里拔节
驼背的穗子支撑盛夏的歌声
流动的火把点亮夜间梯田的眼睛
一丘田的密码被解读

镰刀
在蝉声里开刃
七月　走向谷船

2019年3月12日

月光栖息的村庄

今夜的村庄
在森林的枕边
沐浴月光

男人的三弦
无词的音符
只有知心的姑娘才能听懂

夜深
猫头鹰的凄声塞满小巷
墙缝的蟋蟀高唱情歌
一群少女的稻笛把月亮吹上了树梢

月亮静默
在男女羞涩的心房中筑巢
爱情　爬上土楼

2018年4月22日

母亲的背篓

母亲的背篓
在农耕的树枝上筑巢
在四季中修剪岁月

早晨的炊烟
拉长背篓敦实的身躯
沿阳光开辟的山径
随母亲的山歌上山
采收山野和风景

黄昏
背篓从玉米地里走出
在母亲的背上爬坡

背篓
穿越冬天黑夜的长城

忙碌化成山坡梯田的稻香
殷实月亮的谷仓

我和我的村庄
在母亲的背篓里繁衍生息
在母亲的背篓中坚实成长

母亲的背篓
已深深嵌入我诗歌的草原
收藏着我一个世纪的泪光

2019年3月17日

谷子酒

谷子酒不姓谷
而姓田
从山坡梯田
湿漉漉地爬出
在杜康的熔炉里冶炼成精
千年来
以山泉水的模样
以稻香的形式
让酒歌热泪盈眶

2019年3月17日

我的村庄

我的村庄很土
像一件远古风雨中走来的蓑衣
悬挂在山坡上
伸手可扯下白云
当作布衣
温暖冬天

我的村庄很美
像一只待产的白鹇
筑巢在山腰
秋天的语言
在一群牛铃声中孵化飞翔
而一群鸭
在四季风景里
虔诚地阅读着村庄的母语

我的村庄很古老
像一位百岁老人
土墙青瓦爬满了民歌的皱纹
酒歌是她的语言
山歌是她的爱情
竹林是她的风景
梯田是她的思想
山泉是她的乳汁
而我却是她垒田埂的儿子

一个人一生中有个村庄是幸福的
即使脱下了粗布衣
依然能找到回家的路

2019年3月17日

拂过心底的纳木错湖

在4718米的高度
像一位衣着朴素的神女
披着满头的银发
安详地枕眠在画中
千年来
你安详地熟睡在天边
从天边捎来的云朵
静静地梳洗雪域的美丽和坚贞
甚至，你爱做梦
梦见天堂的草原
梦见自己当上了新娘
你在一面天镜里梳妆浣洗
你站在地平线上
诠释最初的生命之色
我只想轻轻地牵住你的手
永远一起散步

2019年3月17日

放牧乡野

打开徒步的行囊
放牧乡野的心语
想象春天的美丽和芬芳

一潭水，远离城市喧嚣
在四月的叶脉上涟漪
记忆深处，童年的影子在湖畔嬉戏
被山风吹落的花瓣随波逐流

亭楼阁宇
历史深处的名词
被山野收藏
一缕花香
乡野流淌迟来的花潮

流浪的阳光

把春的潮汐播撒在山野
四月的山坡
成群的紫蝶破茧飞花
似喇叭对天长啸
似音符向大地歌唱

慢慢脱去城市疲惫的外衣
在山花飞蝶间
亲吻自己青春的影子
用镜头和心灵放牧远方

2019年4月22日

五月飞花

黄楼红树
楼阁亭前
飞花流水
缄默石桥
把江南水乡的风景
化成亘古沉香的一湖水

五月的枝头
火焰飙红千树枝头
落红的青石长廊　孩童在追逐夏天
花香撩红了十里长堤

初夏花放凤凰飞
飞花流瀑
在湖畔长椅上
对话幽香

2019年5月14日

山泉水

以山为姓
以林为名
从山肚迸发流放
粉身碎骨
不畏艰险
穿林　跳崖
毅然决然地扑向大海
谱写一曲波澜壮阔的生命乐章

山泉水是大山的血液
流淌在村庄千年民歌的血脉里
孕育乳名
滋养爱情

灵性的山泉水
在森林的鸟语中流淌

只要村头的那片森林还活着
泉水就会在母亲的童话里
吟唱儿歌
信守对一个村庄的承诺

2018年4月16日

夏日的荷花

七月的眼眸
泛着青春的蓝光
谁的相思泪水
滴落成一泓湖泊
微风巡弋
木舟荡漾
夏天的女儿
坐着荷叶
窥探春眠
隐匿藕根的夏日风筝
沿蜻蜓的翅膀爬升

粉红的思绪
涨在花朵里
蛙声惊起湖水
采收盛夏新娘的酒窝

湖面擎着一把碧伞
爱情的密码被隐瞒
红扑扑的小女孩脸蛋
在荷塘的怀里
被抹上了花的色彩

2018年8月8日

冰　雹

天宫太冷
从不过节

天上的人
神往人间
于是
驾风
擂鼓
热泪纵横地带着雪白的汤圆
到人间过节

2019年5月9日

春　天

一轮红日爬上田埂
春天醒来
在田野
她是飞花的蝴蝶
在山涧
她是歌唱的鸟语
在山寨
她是清唱山歌的美少女
其实
春天从未走远

飘落的花瓣唤醒一泓碧水
一树树
一丛丛
一坡坡
火红的樱花树

从山脚燃到了山腰
从田边红到了寨脚
像火焰
像大红灯笼
激活旷野中沉睡的风景
探春的女人在田埂为即将出嫁的花束涂抹胭脂
不经意间把思绪修筑成梯田

在火红的三月
叶车姑娘拾掇着乡俗
一顶蒙古包似的披肩帽
已收藏不下樱花的呼吸和热烈
春天在前方的拐弯处微笑
静伫田塍
捧一滴圣水
凝望自己和春天的影子

背箩是永远的民俗
行走在历史的长堤上
有时轻盈
有时沉重
女人的笑靥
装扮着樱花的田园

樱花矗在枝头

像摇曳在山野中的爆竹

热烈而浪漫

在酒歌中擂响季节的神鼓

在哈尼叶车少女的背篓里放声歌唱

一位黑衣少女从花香处走来

一双抚摸梯田的手

紧紧攥住了春韵的花衣

关不住的紫红爬满山坡

领樱花回家

回眸间

红衣春色已挂满山寨的土墙

2019年3月8日

梨花白

三月的山坡
无法想象大自然澎湃的思潮
只要给予一缕阳光、一滴山泉
春天就会神话般布满旷野

驰目山野
一山山、一坡坡的梨树
邂逅在三月的长坡上
层层登高
千树万树的枝头穿上了白衣
像迁徙的白鹤雀跃在山腰
谁说春天只有红色
满枝栖落的皑雪就是呢喃的春天

一朵朵白花
行走在春天的脚窝

一串串冰花
照亮了三月的田园
满山飘落的白雪就是春天的信物
涂鸦村庄的乡愁
幽居花间的梨农
把风景晾晒在了竹竿上

白衣少女牵花追蝶
萌动的深春在前湾召唤
一支竹笛吹醒了十里长坡的梨树
一把红伞放飞了穿花的蜂儿
张开双臂拥抱旷野的马匹
行走在铺满花香的山径上
推开层层山门
聆听花朵的歌唱
拈一朵白花
让春天的初吻惊涛骇浪
不舍得放开扑进怀里的洁白
静静地在枝头放牧心语
等候一个季节的梨花从苍穹倾泻而下
在少女的乌发间绽放

2019年3月27日

诗人的田园

诗人的田园
泉水纵歌
百花争放
五谷翻浪
鸟语喳喳
那是诗人的歌唱

诗人的田园
倔强地生长
江河湖海
森林山岗
草原湿地
风雨雷电
阳光空气
蓝天白云
故土家园

亲情爱情

…………

那是诗人思想的惊涛

在灵魂上的涨潮

诗人的田园

有一位劳作的耕者

无论丰收与歉收

无论喜悦与悲泣

把岁月的皱纹塞进田垄

让季节轮替

让溪流归海

让灵魂歌吟

诗人的田园

灌满民俗的稻香

指引孤独的流浪汉到达远方的家园

2019年10月23日

寨　门

每个哈尼村寨
都有一个简朴的寨门
就如每个人
都有自己家的门

寨门立在村口
像门神
守护村庄的安康、稻香、爱情
把村庄的样子谱写在阳光里
年景来来往往
民俗熙熙攘攘

村庄有了寨门
就像游子有了家
纵然走到天边
依然能找到那扇门

2019年10月23日

臭　鸟

你叫什么名字已经不再重要
民间都叫你臭鸟
这名已成为你的乳名并与你相伴一生

朴素的装扮
你没有白鹇的艳丽羽毛
也没有画眉鸟的百啭千声

你以草丛为穴
不擅飞翔
时常访问大道、山路、溪流
一瘸一拐
悠闲地寻觅春天和爱情

你与其他鸟一样
正常地生儿育女

所不同的是你一身臭气
让阴森的枪管远离了你
人类的贪婪远离了你

你时常站在村旁
宣讲你的生存法则
许多鸟慕名而来
叽叽喳喳，争论不休……

2019年11月23日

苦　荞

你的姓氏
决定了一生要与风雨同行　露宿山野

在饥荒的年代
你是粮食大军中的主力
陡峭的山坡
灵秀的寨脚
有你的身影在摇晃呐喊

娇弱的身躯
红色的茎秆
椭圆形的小叶
粉白的花瓣
你从一个远古传说中走出
从此，在粮食家族中
不用除草就能收获你
那些高傲的草

在你的身躯下萌芽就注定走向死亡

如今，粮食家族日益壮大
你已从主粮变为副粮
人们把你送进工厂车间
加工成各式各样的食品
从此，你行游天下
但人们难以忘怀的还是最初的你

你的身份不断被刷新
如今，你又成了珍宝
被奉为粮食保健品
你结成战斗队伍
浩浩荡荡地走向人类的餐桌
去对付堆满脂肪的腰腹和堵塞的血管

2020年2月25日

怀念村里那片麦地

村里的那片麦地
像一首儿歌唤醒过去

海拔一千六百米的高地
第一次引种麦子
这北方的宠儿
能适应高寒山区的水土吗

麦，从乡亲期盼的心中萌芽
韭菜似的脑袋像翡翠般锃亮
点缀着山坡孤单的风景

麦苗随山寨的炊烟成长
怀孕的穗子直立在寨头寨脚
如孕妇步履蹒跚
行走在冬日失温的阳光里

麦穗青了，像大山成熟的颜色
稻草人被安置在麦地放哨
像笃定的士兵坚守村庄的希望
那些烂衣烂裤被吊在绳上随风起舞
守麦的大鼓开始擂响山野

击打的竹片声切割天空
“嗒啊……喝啊……”的撵鸟声伴着山风巡逻
麻雀还有那些不知名的小山雀组成集团军
几百只、上千只，一窝窝、一团团
飞袭麦地
一会儿起，一会儿落
时而东，时而西
与人展开山地游击战
把守麦人的精力耗尽

而那些坚守岗位的稻草人
却被鸟欺凌
只能躲在麦地里哭泣

麦，驶向成熟的冬月
没有蝉鸣的陪伴

金黄的颜色被镰刀收割
棍棒下出壳的麦粒
裹着大地的芬芳爬上了村民的餐桌

自从那茬麦收后
村里就没有再种过麦了
麦地消失在历史的褶裙里
乡愁却还在那麦地上生长……

2020年2月25日

母亲送的银耳坠

银耳坠
像刚出土的文物
身躯爬满了皱纹
诉说着岁月深处酸楚的故事

母亲说
这是外婆送她的陪嫁
已五十多年
在岁月长河里
与她相互陪伴
相枕而眠
成为彼此守望的知心者

如今，母亲满头银发
额头上的褶皱比这银耳坠还古老
她说，她此生没攒下什么财产

唯有这银饰
分给儿女们作为念想……

虽母亲还健在
但送到手里的物件沉甸甸的
像生离死别
酸楚涌上心头

若干年后
睹物思人
子孙们还能掂量出这银饰的分量吗

2020年6月13日

时　间

童年时
时间是密林里一只顽皮的猴
即使整天游来荡去
一切总攥在自己手里

青年时
时间是一匹千里马
即使日行万里
仍然精神矍铄
不知疲倦地等候着你

中年时
时间是一条耕牛
在岁月里负重前行
一头耕着事业
一头耙着家庭

慢慢远离你的目光

老年时

时间是一只蜗牛

走走停停

看不见路上的风景

慢慢驶向终点

时间不是一年三百六十五天

时间不是一天二十四小时

时间是驻守在自己心灵中的意念

世间最公平的唯有时间

它不会因为你的高贵而多给你一秒

也不会因为你的贫贱而少给你一分

人生

如庭前梧叶

从新叶到落叶

仿佛一瞬间

2020年6月13日

马樱花

四月，在山坡放牧花语
马樱花在一个传说中破土成长
孕育在地层的春汛
像美丽的村姑
唤醒枝条和花蕾
红艳艳的花朵爬上枝头
春天的芬芳在树梢上苏醒
藏匿在季节背后的花朵
注解春天的私语
树树相连
枝枝相牵
花花相伴
一棵棵直立的花树
把天空抹红成火焰
一树树、一坡坡、一山山

举着四月人间的火把
把山野染得铁红
瀑流的花色凝塑成山野的风景

谁说人间四月芳菲尽
满山蹿红的血色就是流淌的春潮
苍劲的茎秆折叠冬季的苦难
弯曲的枝条描摹春韵的方格
鲜红的花朵绽放大山的巍峨

紧随季节的脚步
让春天驻足在花间
伸出装扮乡间的手
牵住一缕缕思念
把春天悬挂在山门上
年年岁岁开门红……

2020年4月28日

走近麦香

一片麦地
把澎湃的思绪铺展在地平线上
童年的心语生长成云朵
俯首聆听大地深处麦粒的呐喊
地层下爬升的鼓声
响在北国的风雪里
麦粒一层层地登攀
渴望破土而出

麦穗青了
青春的风采和热烈
生长成四月绚丽的风景
在山岚的搀扶下
爬上了季节的山顶

麦浪滚滚

在飞翔的红衣上歌唱
青春的回眸
锁住麦地时空

牵住彼此的手
用镜头与麦香私语
麦穗的酒窝
在莺飞的翅膀上洄游
背上行囊
打包麦香
惊涛骇浪的麦涛流放青春韶华

听麦穗在风中歌吟
就像听孩童在山涧清唱牧歌
看麦穗新娘般红朴的脸颊
羞涩的风声打动青春的心扉
放逐年少的梦呓和时光
走过一段时光
牵手一片温暖的麦地
层层尽染的麦香
在少女背后编织童话……

2020年4月9日

祖传的大山

1

一群老人
把建寨石碑立在村头丛林
村庄就有了自己的乳名
名字虽土却养人

瘦瘦的炊烟
像山腰上狂草的文字
寨门矮矮地敞开
在朴实的酒歌中
年景来来往往

鸡鸣，叫醒村庄
狗吠，欢迎远客
竹梢上的明月
把村庄的爱情藏匿在土楼中

秋千把村庄荡上了山顶
山外的世界被采收
水车翻转着日子
民歌洄游

2

说出饥饿的誓言
啃苞谷，挖田
血色的天梯在手掌里登天
一堆火，映红季节的脸庞
层层田塍，在童谣里爬升成云朵

拔节生长的禾苗穿上了新娘的衣裳
一片蛙声
把夏天拉长
阳光在山径上生长
挺着大肚的稻禾
把节令的颜色印在了太阳上

3

大山的子民

分娩的第一声啼哭
便烙印了大山的胎记
一生相随

人，把大山放在心上
大山，把人放在风景里

开门即看见山
脚为祖传的山坡而生
蹒跚学步从爬坡、下坡开始
从早晨到黄昏
每天的路伸向心底
一生牵手大山前行
从山里到山外却是千年时光

大山的子孙
生时耕耘大山
死后长眠大山
人与山
在一个传说里
天荒地老地厮守

2019年8月8日

绿春往事（组诗）

大观塘

大观塘，虽叫塘
其实，对绿春人而言它就是海
小巧玲珑，镶嵌在城西一隅
一座石桥居中分隔成两塘
沿石桥拾级而上直抵烈士陵园

酷热的夏天
大观塘在阳光下，欢欣不断
那些游泳的孩童
如一群撒欢的野鸭在塘中打水仗
而那些姑娘和小伙儿穿梭在浪花里
激活盛夏的红唇
清澈的绿水
荡漾心扉
躁动的夏天

大观塘
童年凫水嬉戏
青年孕育爱情
老年追逐浪花和夕阳

时光在岁月中老去
记忆却在历史拐弯处似新娘般年轻
大观塘荡漾在一代人的记忆里

人民旅社

人民旅社像老家的老屋
矗立在车站旁
土墙、木楼、青瓦是岁月深处不变的图章

每天，天南地北的人寄宿在这里
南腔北调的语言
组合着这里的时光和空气
各种传说故事
拨动着绿春人纯朴的心灵
漂泊的族人
在这里安眠

一场美梦
消解了路途的疲惫

它虽被高楼大厦代替
但包裹着泥味的皱巴模样
却在绿春人年轻的记忆里行走
像恋人
拨动着心弦

石灰窑

阿罗那安的石灰窑
像出土的文物
站在气象站的对面

千锤万击
从深山里运回的石灰石
被一层层堆放在石窑中
垒高的石灰石
像一座小山
在黑暗的洞中拥挤着取暖

点火的日子已经到来

一只大红公鸡为石窑点火仪式而牺牲
鲜红的血液
浸染了石头
到达灶神的神龛

火，真实地烧起来了
在隆冬的夜里照亮行人的路
岑寂的夜被火焰撩热
寒冷的冬霜覆盖黑夜星月

烧窑的日子
守窑人彻夜不眠
在星光的陪伴下守护着火苗
困了，就在窑口的蓑衣上打个盹儿
夜晚的时光被流放
烧得铁红的火炭
为深夜的村寨祈祷

火慢慢熄灭
冷却的石头已经改变身份
纯白的颜色
举着光明出访千家万户……

行道树

翻开绿春二十世纪七十年代街道的记忆
从大礼堂到洛瓦垭口
街道两旁清一色的桉树
高大挺拔
树冠直顶天空
沿街列队
如出征的战队

烈日炎炎
夏天的火苗已经来临
黄色的小花被催放
十里长街花香弥漫
蔚蓝的天空被染黄
蓝天、白云、茅草屋、黄色的花朵
织成夏天美丽的彩锦
边陲的风景被云彩飞溅
蜜蜂花间穿梭
蝴蝶引花临摹
小鸟飞栖歌吟
黄昏悄上枝头
麻雀在树枝上叽叽喳喳

扯碎了黄昏的宁静

秋季来临
花朵从天空坠下
落叶被风吹拂
一层黄叶
如地毯铺在了土路上

熟悉的桉树已经倒下
却在岁月的关节上
支撑着已经走远的城市

露天电影

露天电影银幕
铺展在县城星期天的夜晚
观影者
地不分南北
人不分老幼
双眼紧盯银幕
唯恐故事从自己眼前溜走
他们的表情
随电影的情节变化

有时哈哈大笑
有时潸然泪下
有时咬牙切齿
恨不得把电影里的敌人统统消灭干净

夜深了
银幕渐渐落下
一群人恋恋不舍地离开放映地
朦朦胧胧地钻进了黑夜的被窝
露天电影
一个时代的符号
悄然在心扉上烙下了历史印章

大礼堂

大礼堂
像一座城堡
驻守在城西

其实，大礼堂就是一座电影院
有时，全县的大会在这里召开

电影预告的广告牌，经常翻新
画报上的人儿
居高临下的模样
丰富了边城单调的色彩

售票处
一个小小的窗口
被铁杆护卫得严严实实
时常，一票难求

这里是青年男女幽会的地方
一场电影可能促成一桩良缘
这里是中老年人放逐时间的地方
银幕上的故事成为茶余饭后的传说
这里是孩童们早期教育的课堂

大礼堂的模样
大礼堂的喧闹
还有那些银幕故事
成为一代人永远抹不去的记忆

2020年5月22日

记忆中的绿春一中（组诗）

菜　地

菜地似梯田
一丘丘、一层层
趴在北部教学大楼旁
负责种菜的冯老师
把一中的菜地种成了风景

菜地，一年四季
在他宽厚的手掌上变幻着颜色
白花，像雪域高原上盛开的一朵朵雪莲
编织着季节的绚丽和密码
紫茄，似腰间挂着手榴弹的士兵
京白菜，如敦实的翠玉趴在地上
这些　坚实地爬进了我们的肚子里

一茬接着一茬

冯老师把菜种成了花园
也把自己种进了历史里
如今，许多往事已经淡忘
但那菜地
依然鲜活在岁月中
成为我们永恒的青春记忆

积　肥

不管你愿意不愿意
积肥是一种任务

星期天来临
初中部的住校生
散落县城村头、林间
有的拾猪粪、牛粪
有的在林间拾掇枯枝败叶烧有机肥
一股股黑烟从茂林深处升起
似炊烟萦绕村头
我们稚嫩的脸庞被黑灰涂鸦
花脸的模样成为彼此的笑料

枯枝、干草经火冶炼，变成草木灰
这些黑色的精灵走出林子

走进了菜地、农场

果实在我们的汗水里沉淀
岁月深处的火苗
依然还在温暖昨日的梦乡

砍　柴

一条崎岖的山路
一头连着五公里外的一中农场
一头连着一中食堂

逢星期天
每月一次上山砍柴
成为我们住校生的必修课业

带上黄黄的文山苞谷饭
带上砍刀、背绳向林子进发
一条弯弯的山路
枯枝横七竖八地悬挂在山坡上
被捆绑的树枝在背上似有千斤
爬山下岭过田埂
毒辣的阳光在背上放纵
我们用坚忍和勇气

把一捆高傲的柴哄回学校食堂

柴在炉膛里燃烧
青春的热度烧出了美味佳肴
养育着一代人

农　场

一千七百米的海拔
在半山腰编织森林
县城北麓的农场
像一件破衣烂裳
需要人们的缀补装扮

早晨沿山径出发
揣着几个馒头和文山苞谷饭
爬山过岭
矮小的身躯融进了农场茂密的草丛
锄声惊醒了硬硬的山坡
一层层登高的血色台地
列队站成了山地亘古不朽的姿势

茶树在贫瘠的土地上抽芽
茶香包裹着泥味

乘上了南来北往的车

桃树茁壮
春天在三月的树枝上萌动
一排排粉红的花朵涂鸦山野
穿花蛱蝶飞翔着流动的花色
果实累累，压弯了六月的枝头
红扑扑的桃子
像新娘的脸蛋

笔和锄是交替的武器
有时在书页上飞歌
有时在山野中驰骋

青春的农场
睡在了历史洞口
在风烛残年的木船上
书写一段时光的悼词

耕者已老
但山坡上的农场
至今仍唱着青春的恋歌……

2020年5月22日

冷水河

冷水河是村寨旁的一条河
从黄连山开始
千年来，由东向西奔流不息

冷水河，因水冰冷得名
如穿越村寨的一条动脉
驰骋在童年的记忆里

保护区的密林
横亘在源头
昼夜不息的泉水
造就了江河的野性
沿河两岸
山岭叠嶂
丛林密布
百鸟赛歌

百兽安乐
百花争艳

圣洁之水
清澈如镜
春天的河床
棍子鱼飞旋
宁静的浅潭，蝌蚪、石蛙漫步

暴雨如注
山洪倾泻
唯有冷水河的水依旧清澈见底

这是一条生长传奇和惊喜的河流
千亩良田的水引自它
干瘪的稻穗再次沉甸
枯萎的风景复活原野
村庄告别贫穷

在岁月的喘息中
这条河已经老去
如等候死亡的老牛
飞禽走兽、鸟语花香已不见

旱季如沟

极少的水量已经支撑不起河流的模样

雨季时

泛滥的泥石流睡在了良田上

还是童年的那条河吗

2020年5月8日

寻 春

树枝、寒气、浓雾、冰雪是冬的情愫
在南国的田野，素描绚丽的风景
隆冬的热望掩埋地层
一个长大了的女孩
在镜头里寻找冬天的气息
春天慢慢剥开霜叶
蜷缩的冬天邂逅万紫千红

银泡，盛开在花间
冬季长廊上的油菜花叫醒春天
一片翠叶枯枝上苏醒
躲在墙角的童话收纳冬的镜头
墙缝里萌动的春信
守望春天

一个少女在云雾中徘徊

儿时的憧憬
划过滑翔的风筝
把花香叠进冬夜

谁说冬天没有万紫千红
一不小心
在南国
眉目间春意盎然
蹒跚的冬天
正雕塑山那边的江南景色……

2021年1月4日

京　韵

把自己流放于笔墨丹青间
画眉如月
画脸似火
花脸的彩影涂鸦在青春的肌肤上
那些徽剧中流淌的历史
在凤冠金枝玉叶间塑化成岁月的鳞片
让往来于宫廷和民间的千年唱腔
化为空气和阳光　坚实地印在大地上

一个稚嫩的少女梦
成长于赤橙黄绿间
当凤冠戴上额头
当坎肩温暖身躯
京剧的血流开始筑巢
抚慰宫廷和民间
金钗银串编织的颜色

把一个梦放飞远方

飞翔的凤冠
手舞的帕巾
牡丹花催放的摇扇
刹那间凝固千年的思绪
一沓沓的唱词
一排排的唱腔
从历史源头滑翔而来

在坎肩上行走
在花帔上放音
京腔中成长的梦想
韵律中洄游的希冀
如天空泛光的星辰
落进了一个少女的梦

摘下凤冠
黑衣紧身
爬上乌发的花草
让梦织成憧憬

走下京腔的神坛

漫步唱词的舞台
一个长大了的女孩
把这唱腔韵律
传向远方……

2020年10月20日

对话阿罗欧滨森林公园

阿罗欧滨这个美丽名字
如同传说
流传在绿春的村村寨寨和山水间

公园大门伫立在山腰
人工垒筑的2721级台阶
从人间铺到了天上
登台而上
人在云朵上漫步
伸手可摘下云彩

纳凉亭长满了古老的皱纹
如传说般
融入了山林间
在与自然的对话中
人们择位而坐

在凉亭长廊
与远古老人温习一段千年的时光

登临山顶
一览众山小
绿春县城就在山脚下
远方的山峦
像即将出征的壮士
驰骋在秀丽的山河间
中越分界山峰在天边变得渺小

一泓天池宛如翠玉
窈窕的身段在崇山峻岭间伸展
圣洁的天水绿如蓝
浣洗着都玛简收秀美的长发
一条幽径的长廊
在山林间穿行

沿小径下山
飞翔的翅膀拍碎了云朵
古木苍翠
百花争艳
层层登云的花香

醉倒了行人和山坡
泉水汩汩
让远古的民歌更鲜活
从都玛简收指间滑落的圣水
似公牛在丛林中一路狂奔

水库瘦小的身躯蜷缩在山谷间
那些高大的古木像叶子悬挂着远古传说
虎尼虎那已从远古走来
人们对先祖的追思在水花中奔溅

一个民族千年的迁徙足迹
在阿罗欧滨丛林匆匆
一段历史已悄无声息地留在心中……

2020年5月9日

睡在云上的风景

锄头雕刻的梯田
在村庄老人宽厚的手茧上爬升
山山岭岭的脊背
被层层登云的梯田涂鸦
天水，波光粼粼
孕育了天堂的传说

嫩绿的秧苗
落户梯田
生长成古老的象形文字
引渡远古的炊烟传送光明

一位哈尼老妈妈
把黑土布衣嵌入了层层登高的云梯间
让禾苗学会呼吸
风景开始在高山流水间流动

梯田在四月的怀里
渐渐穿上了流动的绿衣
一群红衣女
小心走过莳秧时的彩蛋儿歌
把四月的颜色打包收藏
她们流放满山的翠绿
用纤手点缀美丽
她们盘腿坐在田埂上
玩着儿时的乡村游戏
等候螺蛳的问候和亲昵
她们展开乡野的舞蹈姿势
与耳旁的风景私语
她们有时像田埂里的棕榈
静静地聆听历史深处梯田的呢喃

一位巡田老人
戴着一顶云朵上流动的草帽
用一把锄头为山坡的仙景培土
一个哈尼少女
将眼前的田水
收纳为梯田换季的新衣裳
梯田在脚下爬坡

云朵在脚下游荡
一幅山水画正在被山野描绘

装着一钩弯月的梯田嵌入山脊
弯弯的身躯被大山的筋骨扭曲
一群人被云彩驮上了天空
一个镜头被梯田定格……

2020年5月18日

稻香凝聚的光芒

点燃火把
用锄头，一锄一锄地雕刻大山的年轮
在隆冬的湖泊上
在风霜的背影里
一群男人垒筑田埂
打扮即将出征的梯田
他们与梯田签下了契约
年年如期而至
把男人的汗水和蓑衣
雕塑成远方的山峦

牛开始下田
沿山鸟飞翔的歌声
滚过冬天的长夜
跌进了布满稻茬的月亮田
男人背上了厚实的蓑衣，戴上了斗笠

一声吆喝，巡耕田野
土层在犁铧的光芒下
站立成一层层的土包
像草原上矗立的敖包
守望冬野的阳光

窈窕的梯田
描摹弯月的模样
把自己的影子戳印在了山腰上
波光粼粼的圣水拂过田野
像一把天镜照出山野的美貌
静静地等候山鹰的飞临
牛、鸭下田
摸田螺的小女孩把风景塞进了腰间的鱼篓
穿上新衣的梯田
等候出嫁

响亮的叫声
唤醒了熟睡的秧苗
布谷鸟开始巡田
男人与耕牛下田
混浊的泥浆就是禾苗最好的面膜
女人们穿上节日的盛装

把四月的田野打扮得花枝招展
一株株秧苗，似孩童听从召唤
在宽阔的田野里生长成甲骨文
在美丽的高坡编纂童话
而男人们的水烟筒在田角擂鼓
那些刚栽下的秧苗
羞涩地躲藏在女人丢落的山歌中
村寨的孩童们脖子上挂满彩蛋
在田埂嬉戏追逐
一不小心
美丽的新衣被泥浆尽染

蝉飞翔在丛林中
绿油油的田野满目金黄
层层叠叠的金波在蛙声中翻滚
谷船开始下田
男人开始下田
女人开始下田
一丛丛稻穗被镰刀俘虏
男人们高举稻穗砸向谷船
一粒粒稻谷在田野里堆高大山
湿漉漉的谷子沿黄昏的余晖
开始在男人、女人的背上爬坡

等候一支民歌的采收

神龛，被稻香垒高
一把穗子爬上了家族的楼阁
在祖先的额头上沉香
新米节的一粒米香
让漂泊在外的人
沿山路归家

一个节日的香灶已经熄灭
一丘田，沿千年历史的音符回归山野
一簇农耕文明的火焰
在层层山门中火烈燃烧……

2020年5月20日

青春符号

曾经的青春韶华
犹如山野的穿花蛱蝶
沿晨曦爬上了老阴山
莲花山，像青春的底座
擎起女人们的童年

天空，洁白如雪
飘浮的云朵把怀想和思念放飞
站立山顶
把烙印心扉的童年放逐远方

亲吻一坯老阴山的热土
耕耘生长梦想的一隅红土
沐浴高原阳光的温暖
用粉红色的褶皱涂鸦青春的田畦

韶华是悬挂在苍穹的一钩弯月
用袅娜描摹青山的底色

青春是草原上驰骋的一匹烈马
沿阳光的山径吐蕊大地的芬芳
青春是舞蹈，青春是耕耘，青春是火烈
有时站立，有时卧趴，有时依偎，有时纵歌
把岑寂如岚的山野
垒筑成喧嚣的夏令营

娇颜被山花收藏
岁月被皱纹淬火
唯有青春
像燃烧在旷野的天火
映红天际
手挽手
带着青春的羞涩和热烈
把梦想放飞

天空浩瀚
山岳依叠
青春如苍鹰
已飞向辽阔的远方……

2020年6月5日

故乡的歌谣

每个人都有故乡
就像每个人都有母亲
而我的故乡，在山村
童年的记忆常被故乡的儿歌唤醒

故乡的村庄
被翠竹包围
一户户人家叠落在高低不平的山坡上
蘑菇茅草顶、篱笆墙是故乡不变的底色
寨头寨脚的公鸡彼此起伏
叫醒每天的黎明
狗吠声宣告着远客的到来
猪鸡狗鸭与孩童一起嬉戏
炊烟升腾
人们开始了一天的劳作

故乡的梯田
被乡亲们的锄头雕塑
像爬坡的马匹，在山脊上负重登高
冬春
一面被摔碎的镜子散落在山坡
波光潋滟洗漱弯月的模样
把江南水乡的底色刻画在岑寂的山野里
夏天，翡翠覆盖原野
萋萋茵茵，从山脚到天际
蛙声喂大的葱茏
把山野揽在天空的怀里

秋天，蝉声在丛林里流浪
怀孕的稻禾低头爬山
民歌里成熟的金黄涂鸦乡村的画廊

故乡的山林
郁郁葱葱
从寨头翠到了山顶
鸟鸣啁啾是早晨的符号
安徒生的童话在森林、村庄里流浪
奇花异草随处纵情
野兽的咆哮让夜晚更加神秘

泉水清澈
流向远方

一湾一回首
慢慢东去
清冽的水如甘乳
滋养了千亩良田
大河涨水小河清
四季清澈的水就是最圣洁的风水
童年的涡潭依稀出现在梦里

故乡的山很大
大得装得下浩瀚的天空
故乡的山很高
从山脚到山顶要攀一生
村庄落户在大山
梯田开凿在大山
姓氏根植在大山
祖先和歌谣安眠在大山
一生被大山牵挂
颤动的心也烙印了大山的年轮

故乡的节日

时常点燃在老家的神龛上
每逢节日
村庄就像新娘穿上了盛装
笑脸相迎远归的儿女、亲朋
唯有在节日里
快要遗忘的名字才会被重新唤起
唯有在节日里
天各一方的笑容才能真实
唯有在节日里
童年的记忆又重新回归

朴实的节日
从老祖宗那里传承
在子孙的心中传承
一个个节日
让我们真实地记住了自己的身份

我老了
故乡却年轻
如今的故乡，沧海桑田
泥路变水泥路
煤油灯变电灯
柴火煮饭变电器煮饭

低矮的茅屋变小洋房
电视机、电冰箱、洗衣机、轿车入村入户
进城逛街更加便捷
一切都变了
不变的唯有村寨的名字和祖宗的姓氏

有的人
对故乡而言
是游子
有的人
对故乡而言
是守望
尽管陪伴故乡的时间有长有短
但骨血里流淌的依然是乡音
眷恋的热土依然是那片红土

故乡就像恋人
越是亲近越感觉不到她的温存
越是远离久别越深切地思念

2020年6月22日

流泪的沟

这条沟宛如一条长龙
盘绕在崇山峻岭间
沟的一头是茂密的原始森林
源源不断地生产浩荡的山泉水
沟的另一头是千亩良田
养育着十几个村子

这条沟源头奔来
注入千顷良田
泛光的层层田水
犹如珍珠散落在陡峭的山脊上
禾蔞百里
蛙声一片
在蝉鸣声中怀孕的稻禾
登上云朵飞翔的山梁
稻香布满山野

如今
一条大沟
如一条藤绳
身躯僵硬地缠在了山腰上

断水的良田
在烈日的炙烤下
忧伤地卧在山梁上、河坝里
生长稻禾的梯田
长满了野草和树木
歌唱夏天的蛙声不见了
顶着草帽游荡的田螺不见了
钻泥捉迷藏的泥鳅不见了
唯有蝉声留在荒芜的稻田中

2020年6月23日

棕　榈

棕榈像民谣
被父亲流放在山坡
与马匹一起吃草

棕榈，童年时长得丑
把自己包裹得严严实实
怕见阳光
怕听儿歌
怕玩游戏
缄默地吮着风雨奶水成长

棕榈，青年时像一位美少女
亭亭玉立
婆娑弄舞
层层裹身的紧身衣
镌刻着年轮

记录着大地的年龄

棕榈，老年时像一件文物
龟裂的身躯写满了沧桑
几片老叶在山坡上摇曳
在秋风中书写岁月的挽词

种棕榈的人已经死去
而棕榈还活着
或许
棕榈也有思想
在山坡摇着扇子追思主人

2020年7月21日

母亲做的豆腐

在那个年代
石磨碾压在一个节日里
喝饱了水的泡豆，被母亲喂进了石嘴
豆子在石磨的咬合声中吐着白沫
像隆冬里的冰凌坠入盆中

大铁锅里的豆汁
被大火煮沸
豆香飘满茅屋
大盆里纳凉的豆汁被石膏蹂躏蜕变

水豆腐软软的飘着清香
软化了那个年代坚硬的日子
像婴儿白嫩的肌肤白白胖胖
勾描着一家人的笑声

而干豆腐切成小块
历经阳光冶炼后装入土罐
在岁月的陪伴下
渐渐地蜕变成乳腐
在饥饿的年代
温暖了一家人的肚腹

如今，母亲已经老去
脸颊上爬满了土罐的皱纹
再也不做豆腐了

当下，豆腐却十分的普遍了
忘不了的依然是儿时母亲做的豆腐
因为，母亲做的豆腐
是记忆中的童年

2020年7月21日

鸟　巢

天空被树枝肢解
一棵古木，孤零零地矗立在山顶
流浪的鸟
把巢筑在了高枝上
云朵飞过
鸟儿啁啾
羽丰的雏鸟远飞天涯
遗弃的巢
离天很近
离地很远

鸟巢下
一间简陋的草屋
住着一个孤独的老人
鸟巢与草屋
相互凝望

被弃守的鸟巢唯有山风在歌唱
而草屋的炊烟每天如期升起

忧伤的某一天
鸟巢和草屋还会相守吗

2020年7月20日

老 家

被苦难和贫困垒筑的大山
从山梁爬过去便是繁华的都市
从山梁滑下来
便是万丈深渊的原始森林

老家盛产草果
也盛产雨季
满地透红的草果
像大滴的鲜血
抬腿跺一脚
从满地滚的草果中
能听到历史深处的歌声

节日总是扶摇在山顶
此时的老家
被游子怀念

行酒猜拳声轻一些

莫惊扰了先祖

挨一顿臭骂

2020年7月20日

芦　苇

每一片叶子
都是临摹季节的一支画笔
每一个茎秆
都是记录盛夏的一本书
揪下秋天的头发
攥在手里
比棉花还白

而我垒田埂的父亲
一夜间
芦花爬满了头
那拉犁的老牛
仿佛也受了惊吓

一丛芦苇
一片田野

一条溪流

一个耕者

编织成陶渊明的诗歌

悬挂在山野摇铃

2020年7月21日

寂静的村庄

翠竹在村边婆娑
高大的古木在村口放哨
白墙、平房，如林中菌子散布在山坡上
阳光热辣辣地闲步巷道
没有孩童的嬉戏声
没有狗叫声
没有公鸡打鸣
没有摇步的旱鸭
只有风的散步声
只有树叶的咳嗽声

正午的村庄
唯有蝉在古木上登高放歌

一位耄耋老人
拄着拐杖

从泥泞的巷道蹒跚走来
佝偻的背影像历史深处的传说
村庄
唯有老人传来的几声咳嗽

正午的村庄
安静得有些可怕
但远处的梯田依然在山脊上
释放着醇厚的稻香……

2020年7月22日

稻草人

稻草人穿上了我儿时的衣裳
被母亲安置在田角
为即将成熟的稻穗放哨
穿上了童装，那就是孩子
孩子的天性容不得他忠于职守
他下田摸螺蛳
在田边草丛中寻鸭蛋
竟找来同伴玩起了捉迷藏
那些机灵的山雀融入他的队伍
在绳上荡起了秋千

稻草人穿上了父亲的衣裤
俨然一位耕田的老者
他抽着旱烟，戴着草帽
嘴里不停地叫喊

用手持的竹片敲打着盛夏的神鼓
有时在田埂上行走
有时在田边蹲坐
有时双手叉腰在田野里放牧
那些山雀组成的集团军清楚地知道
稻草人已经老了
他顾东顾不了西，顾头顾不了尾
鬼精的山雀竟玩起了声东击西
被啄空的稻穗像谢顶的光头照亮天空

稻草人啊
即使你穿上了我童年时的衣裳，你也成为不了我
即使你穿上了我父亲的衣裤，你也成为不了父亲
没有血肉、没有灵魂、没有心跳
那机灵的山雀怎能不知
可是人们需要你的坚贞和忠诚
仍然把你安置在守田护稻的岗位上
你不怕风吹雨打
你日日不食　为人类打工
你有些怨气

稻草人在一个秋天罢工了
人们正与稻草人谈判……

2020年7月22日

蛙　声

蛙声
热情地打开了夜晚的大门

月亮在田里行走
许多村庄的故事
跑进稻丛躲藏

火把被蛙声点燃
星星和禾苗
竖起耳朵
听田野的民歌

2020年7月22日

森　林

森林有故乡吧
要不，为什么落叶总要归根
森林有母亲吧
为什么生产的泉水总是要灌溉大地

看不见的地层
或许还有天空、星星、月亮
还有草原、河流、阳光
森林的根一个劲儿地往下扎
像马匹驰骋在草原
或许它们急切地想回到自己的故乡
喝到故乡的美酒
见到自己的父母和妻儿

森林倒下了
没有葬礼

2020年7月22日

月 亮

一个故乡
一个月亮

故乡的月亮
时常爬在竹梢上
聆听村庄的民歌

月亮像十八岁的美少女
我认识她
她不认识我
有时被云彩遮住双眼
被村庄的狗急切地唤了出来

月亮爬上土楼
村庄的爱情开始遛弯儿

2020年7月22日

虫　鸣

月亮在天上照明
星星提着灯笼游走
夜晚穿上了黑衣
巡游山山岭岭

虫的家族
在高山丛林
在河谷田野
聚集大自然的舞台上开始赛歌

一虫高过一虫
一坡高过一坡
像吹笛、吹冲锋号
像弹三弦、弹钢琴
时而悠扬抒情
时而高亢激昂

把夜晚吹得迷迷糊糊

这些虫就是大自然的音乐家
不怕撞见敌人
不怕狂风骤雨
只为一曲高歌
死也值

2020年7月22日

山 歌

山歌很野
就像一匹烈马
在彼此的心上奔跑

山歌很温和
就像饥渴时的一捧山泉水
从心口甜到脚板

山歌需要面对面
你在那头
我在这头
歌词现炒现卖
有时如铁水
有时如溪流
心智的交锋
情商的碰撞

激起心底的惊涛骇浪

如今，山歌已失去了自我
从年轻人的舌头上滑倒
在风靡的流行歌曲里隐姓埋名

如今的爱情
不需要山歌红娘的搭桥牵线
没有过程
没有婉约
仿佛来得快
去得也快

打地铺的山歌
没有月亮照明
蓑衣温暖不了沉积心扉的暴雪
烧火取暖的山歌出走了
留下的灰烬
没有了踪影

2020年7月23日

遗落的稻穗

在一场秋收战役中掉队
不向往黑暗缺氧的谷仓
在阳光沐浴的山野
重建一块新营地
传承稻香的基因

被镰刀割很疼
被碾米机碾很疼
被人咀嚼很疼
此生不想那么伟大
做一名平凡的山野村夫
会不会发芽并重拾翠绿的天空不重要
会不会生长成稻禾并滋养蛙声和稻粒不重要
只想在没有栅栏的田野抚摸蓝天和云朵
用心跳守护大山和梯田的雄伟
梦想有一天变成梯田
雕刻大山的年轮

2020年7月23日

炊　烟

水墨画的炊烟
捆绑天空
故乡的炊烟
镂空乡愁
城市的目光
时常被倾斜

山柴冶炼的炊烟
有一股山的味道
像一位美少女扑进怀里
轻柔妩媚
炊烟混合着
荞粑粑、苞谷饭、野菜、田螺的味道
还有父亲浓浓的旱烟味

从早晨到黄昏

烧得铁红的火炭
亮在冬季的心窝
陪伴土灶成长的儿女
天各一方

炊烟搓成一股藤绳
一头拴着母亲
一头拴着儿女

节日里放飞的炊烟
把儿女捎回故乡
一个照面　一句问候
温暖母亲的笑声

母亲已老
炊烟依然年轻

2020年7月23日

泡　茶

沸水冲入杯中
蜷缩的身躯慢慢舒张
雾气腾腾中
依稀看到了绿茵茵的故乡
那山坡上的茶园和采茶女

浓绿的水体
民歌的颜色
滋养一方水土
片片叶子舒展茶农的笑容
土罐倒出来的
都是一杯杯好客的浓香

相逢不必相识
来的都是客

无论是外乡人

还是本地人

只一杯浓浓的明前春茶

千年的礼俗和问候

便尽在

心中舒畅

2020年7月23日

听酒歌

酸甜苦辣俱全
听酒歌在节日里
那种暴辣的味儿
让上了年纪的人深深地痴迷

婚丧嫁娶
逢年过节
生老病死
礼俗节庆
都在酒歌搭建的戏台争相亮相

唱酒歌不用戏台
戏台搭在舌头上
白天一嗓子
夜晚一嗓子
没有乐器伴奏

是原汁原味的哈尼古歌

唱酒歌不用唱本
随手拈来，天马行空
有章有法，如痴如醉

听酒歌
歌词直击心灵
在咕噜咕噜的水烟筒声中
在热腾腾的茶香中
心被远古的歌声放牧

2020年7月23日

一组小诗

陀　螺

不抽就倒下
抽得越狠
跑得越快

浮　萍

永远飘在水上
接触不到土地

田　埂

即使一马平川的田野
也有围住它的一道坎

风

无影无踪
说来就来
脾气大时
身后留下一道辙

雷

老天咳嗽
云彩就落泪

闪　电

为在大地留下影子
勇敢地焚烧自己

星　星

白天黑夜都在发光
只是不被关注而已

板　栗

刺重重
只为保护劳动果实

落　叶

毅然决然地离开
为的是新生命的诞生

瀑　布

从高处纵身跃下
粉身碎骨
只为一声轰鸣

花　坛

留住了花
也就留住了自己

萤火虫

总是在夜晚
提着灯笼
四处游荡

雄　鸡

打鸣是一种习惯
与天亮天黑无关

母　鸡

下蛋前总要大声叫嚷
生怕主人不知

猪

长肥了
就注定走向死亡

蝴　蝶

为了有一天能飞翔
只能痛苦地在蛹中蛰伏

蟋　蟀

只因做了亏心事
才敢在夜晚的墙缝里发声

白　发

岁月的纪念品

烟

燃烧自己
污染别人

酒

清白自己
糊涂别人

焊　接

彼此都是铁石心肠
需要高温熔化调和

潮　汐

适时地退却
只为下一次勇猛地进攻

2020年7月24日

追梦的少女

铁轨趴着
像一条藤
捆绑碧色寨的秋天
把高原的梦
蜿蜒伸向远方

梦想，是绿色的
最初萌芽于童年
随岁月生成轨道的格式
一群少女在黎明
三五成群
披着红衣
穿行在碧色寨的木枕上

梦想的天空
飞舞白云

拾起厚重的希冀
牵手走向传奇的远方

成长的心愿
在堆高的碎石上伫立
青春的队列
驶进了火热的原野

梦想有一天
青春的色彩像旗帜一样鲜红
破茧成蝶
以歌者和诗歌的形式
飞翔在时光的宇宙
或歌或舞
或坐或蹲
用青春的激情
守望最初的希望和艳丽

梦想有一天
成为军营中一名英姿飒爽的女兵
穿上神圣的橄榄绿
在绿色的军营中
唱着嘹亮的军歌

虔诚地守护军人的无上荣光

时光彳亍在碧色寨
斑驳的房墙和苍老的站房
还有那悬挂在房墙上的时钟
都在缄默地刻画着一群女人的青春年轮
一群长大了的女孩
把梦想种在天空
与云彩一同飞翔

铁轨在历史的喉咙里哑声
碎石在青春的音符上舞蹈
枕木在碧色寨的岁月深处安眠

时光像老者
守望着碧色寨
许多传奇故事
已化成粒粒碎石
被岁月收藏
唯有云涌的梦想
依旧留在年轻的心里

2020年8月27日

月是故乡明

故乡的弯月
被梯田雕刻
印在陡峭的山脊上

天上一个月亮
地上千万个月亮
列队山坡
遥遥相望
把亘古的神话种在月亮上

一轮明月
筑巢在山顶的古树上
游动的透明月光似灯火
在山寨巡夜
在村寨漫步
狗吠声声

咬破月亮的脸蛋
静伫的蘑菇房在村童的儿歌声里打盹儿
火塘边的传说在老人的烟筒声中走游
少女的银手镯在竹棚间声声作响
小伙的三弦声在铺满银色的巷道里回荡
许多夜晚的秘密被月光清洗
悄悄爬上竹楼的圆月被山歌采收

一轮明月
晃晃悠悠
在田野中巡逻
与月光牵手的梯田在山野的被窝里做着美梦
一丘丘攀缘的梯田
似云梯扶摇而上
被季节催熟的稻穗
在明月里邂逅秋蝉
把一层层梯田
叠进了月光里

桂花从天宫坠落
一缕缕的月光似飞雪
洒向大地、人间
在一个节日里

半阕的月亮在麦香里合圆
游走异乡的亲人脚步匆匆

一轮心中的明月
在月饼上升起
天上圆月在祭拜中
生长成人间月饼的模样
在一个亘古不变的节日里家访
被月光聚拢的心灵
停留在一个叫家的地方

月圆饼圆
一轮圆月
刻印在彼此的心房……

2020年9月16日

金湖·冬天

一湖碧水
在风雪中涟漪
一盏灯
照亮茫茫云天

湖天一色
空蒙雾潋
隐约的高楼被贴在天边
如一艘艘轮渡扶摇云霄
风声如雷
从天边滚来
摇摇晃晃的渡船划过深冬的眼眸
寒意中安澜的湖水被唤醒

悬在雾上的城市
把一湖水煮沸

雾气腾腾中描摹深冬的模样
一幢楼
极目远山
一湖水
荡漾风雨
潮汐中的迷雾把怀想牵向远方
其实，冬天和春天一样美丽温暖
金湖以她淑女的姿态
滋养着一座城市和一个冬季

隆冬徘徊的风、雾
像苍鹰
在天空中
慢慢放飞冬天的气息

金湖不冷
安眠在雾的旷野里不愿醒来……

2021年2月1日

山村开满梨花

这里的天空从来没有黑暗过
这里的天空一直都是辽阔和透明的
阳光
空气
白云
组合成一个故土家园

山村的土墙很古老
布满了历史的褶皱
梨树擎起的信念
勾画山村的锦绣山河
亘古的追寻和希望深藏在山村中
在梨树的田园中萌动和绽放

山村的土屋就是一个老人
拄着梨树拐杖

在山风过后的山坡上织缀风景
梨树是山村的女儿
在村巷、旷野捡拾撒落的乡愁
有时，她是山村老人
花白的围裙上画满了春天的故事
有时，她是美丽的村姑
满头装饰着待嫁的春天信物
有时，她是淘气的村童
漫山遍野地随意绽放

轻罗小扇在梨花间扑打
错把飞花当飞蝶
盛开的梨花在裙衣上巡春
蜂蝶在梨树间嬉戏
把飞花的消息散播到旷野
一个走出山村并长大了的女孩
拾起儿时的记忆
静伫梨树下
用童年的心跳亲吻梨花的芬芳
一条坠下的白巾瞬间凝固了乡愁

千树万树梨花开
树树开在躁动的心灵上

一片片从天空中飘下的花瓣
将山村涂鸦成童话
梨花铺就的乡间幽径把季节压弯
一个少女
一个老人
一只小狗
随飞舞的落花走向远方

岁岁年年
梨花开在山村
开在人的心上
温暖着城市
花开花落一个轮回
离乡的那群村姑还会如期归来……

2021年3月27日

绿春风景（组诗）

腊姑梯田

天梯入云不胜寒，
四时景色不同美。
眼底奔来天河水，
空阔向天尽茫茫。
镜碎山坡烟波渺，
天女淡妆画田眉。
犁田老翁赶春早，
莳秧女人歌不落。
蛙声禾萋望万里，
蝉登高枝稻金波。
哈尼村庄云上敧，
白云半坡摇青烟。
世外桃源无仙去，
时常下凡走田塍。

二甫云海

霞光巡海轻舟渡，
胫底万里骇浪颢。
山寨鸡鸣涛不惊，
重山秀水天际浮。
鱼跳犟瀑不上钩，
云天一色看三国。

鲁珠坝水库

秀山娈女鸟飞春，
碧水蓝天照古月。
翠屿峙望赛歌忙，
轻风送波烟云渺。
孤舟蓑笠巡水汉，
鱼梭鸭歌秋枝头。
江南水乡故园扉，
化为天池候渡翁。

黄连山

千山相挽徒天涯，
林涛骇浪天上歌。
万径山涧人踪灭，
蓼林骞鸟难归巢。
千丈瀑布天上来，
百花斗奇春不嚷。
石牛向东日出红，
一碗水奇江山秀。
黄连梦中传说美，
人猿莳秧村寨忙。
湜水潺歌心音渡，
山重水复诧欣来。
醉眠山水红楼梦，
从此觏山人不惊。

分水岭

横亘东隅擎天岭，
龙盘虎踞山外山。
圣泉淏水鸟飞渡，

天下树王寻根人。
历法旌幡古木红，
古祭紫烟走万家。
瀛海垂钓无江鱼，
八洞鸟瞰城依稀。
同是陟顶景不同，
群山纷纷下江南。

李仙江

峦嶂擎天半坡烟，
复水重山东边日。
截坝崔嵬生飞瀑，
灯火两岸寨不眠。
湖光山色江南美，
皓月沐游水不惊。
渔歌江面行船忙，
朝阳坠网江鱼归。
云上胶林向天去，
烟袅深处白云居。

八洞八

飞鸟云间过，
山峦萋荫翳。
林瀚幽径通，
山泉汩流西。
天梯登绝顶，
夕阳天际燃。

2016年9月28日